LAMQUET

DER PLANET DER ZUKUNFT 1

DAS GEKLONTE KIND

CARLSEN VERLAG

Chris Lamquet, 1954 in Belgien geboren, veröffentlichte 1978 seinen ersten eigenen Comic und begann 1983 die Science-Fiction-Serie »Quasar«, in der er den unkritischen Glauben an den technischen Fortschritt in Frage stellt und zu ökologischem Handeln aufruft. Wie schon in »Zek« verbindet er auch in »Der Planet der Zukunft« klassisch-realistische Zeichnungen mit einer komplexen Erzählweise zu eindrucksvollen Comic-Storys jenseits aller modischen Trends.

CARLSEN COMICS
Lektorat: Andreas C. Knigge, Uta Schmid-Burgk, Marcel Le Comte
1. Auflage Januar 1994
© Carlsen Verlag GmbH · Hamburg 1994
Aus dem Französischen von Harald Sachse
L'ENFANT CLONE
Copyright © 1991 by Chris Lamquet and Editions Hélyode A.D.N., Brüssel
Redaktion: Marcel Le Comte
Lettering: Horst Diemer
Druck und buchbinderische Verarbeitung:
Casterman, Tournai
Alle deutschen Rechte vorbehalten
ISBN 3-551-72106-8
Printed in Belgium

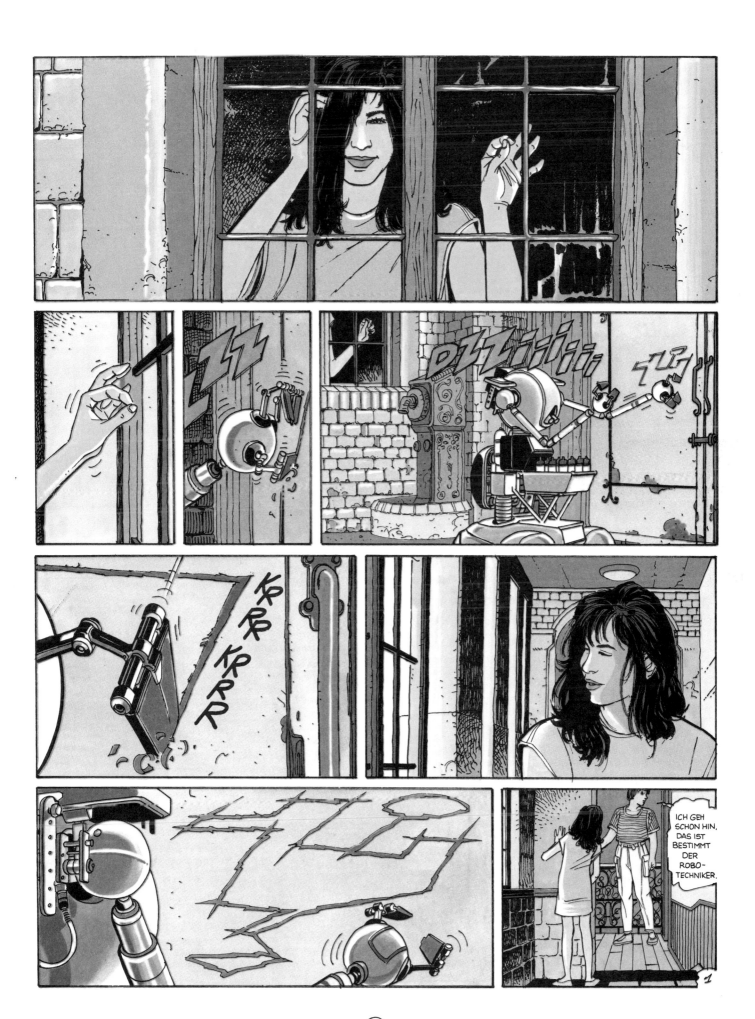

MANN, IST DAS EIN KAFF!

GUTEN TAG. IDENTIFIZIEREN SIE SICH!

COLIN NORGE. ICH BIN DER ROBOTECHNIKER, DEN SIE HEUTE FRÜH ANGERUFEN HABEN.

HEREIN! MISSES DARLANE ERWARTET SIE...

KLAK

HERR NORGE, ENDLICH!

TUT MIR LEID. ICH BIN ÜBER EINE STUNDE IM KREIS GEFAHREN, BIS ICH SIE GEFUNDEN HABE. MANN, DIESE BUDE STAMMT WOHL AUS DER STEINZEIT... WAS IST DAS, EIN MUSEUM?

EIN HERBERGSZENTRUM, HERR NORGE! UND DIE „BUDE" STAMMT AUS DEM 17. JAHRHUNDERT. KOMMEN SIE...

WELCHES MODELL MACHT IHNEN DENN PROBLEME?

EIN AKRON 16, DER FÜR DIE BEAUFSICHTIGUNG DER SÄUGLINGE ZUSTÄNDIG IST.

ERWIN COLLAM Z 5 [E].

ERWIN, UNSER CHEF-KINDERARZT, WIRD IHNEN DIE EINZELHEITEN ERLÄUTERN.

OHA! ICH HOFFE, IHR WEHWEHCHEN IST NICHT SO SCHLIMM...

ZWEI ZENTIMETER TIEFER, UND DIESER SCHEISSROBOTER HÄTTE MIR DEN LINKEN LUNGENFLÜGEL DURCHSTOCHEN!

MEDS

WIE BITTE?

HAT DARLANE IHNEN DAS NICHT ERZÄHLT? DER AKRON 16 HAT VERSUCHT, MICH UMZUBRINGEN, MANN! MIT EINEM HÄHNCHENSPIESS!

2.

...HAT VERSUCHT, SIE UMZUBRINGEN? WISSEN SIE, WAS SIE DA SAGEN? SIE REDEN VON EINEM ROBOTER, NICHT VON EINEM LEBEWESEN!

AUCH EIN ROBOTER KANN AUS EIGENEM ANTRIEB HANDELN. SO ETWAS SCHEINT IMMER HÄUFIGER VORZUKOMMEN...

ACH WAS... DER FALL DIESES HAUSHALTSROBOTERS, DER UNAUFGEFORDERT ZUCKER IN DEN KAFFEE GETAN HAT, IST IN DER PRESSE MÄCHTIG AUFGE-BAUSCHT WORDEN. ABER EIN AKRON 16, DAS IST EIN WITZ...

NEIN.

NUN MAL ERNSTHAFT: EIN AKRON 16, DER KANN DOCH HÖCHSTENS... MIT BABYS SCHMUSEN...

STELLEN SIE SICH DAS NICHT SO EINFACH VOR, DAS SCHMUSEN...

EINIGE KINDER BEDÜRFEN STÄNDIGER ÜBERWACHUNG. AUS DIESEM GRUND SIND DIE MEISTEN UNSERER RÄUME MIT KAMERAS AUSGESTATTET. DARLANE, BRING MAL DAS BAND HER!

SEHEN SIE! ICH KÜMMERTE MICH GERADE UM EIN FRÜHGEBORENES! DER AKRON 16 HINTER MIR BEREITET DIE FLÄSCHCHEN VOR.

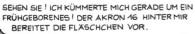

JETZT VER-SCHWINDET ER RICHTUNG KÜCHE.

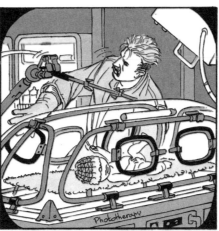

DAS TUT WEH, GLAUBEN SIE MIR!

3.

UND?

HM... JA, ICH HABE DA ETWAS GESEHEN, DAS AUSSAH WIE DER ARM EINES AKRON 16, ABER...

WOLLEN SIE MICH VERARSCHEN ODER WAS?

NEIN, DAS NICHT, ABER DAS GANZE IST DERMASSEN...

KOMMEN SIE MAL MIT!

DA IST DER AKRON 16, IM HOF.

WIE IST ER DA HINGEKOMMEN?

BESTIMMT DARLANE... ICH WARNE SIE: KOMMEN SIE DEM DING NICHT ZU NAHE! VIEL SPASS...

?

AHEM... NA DU, ICH HÖRE, DU SPIELST MIT EINEM HÄHNCHENSPIESS?! DAS IST ABER GAR NICHT GUT, MEIN ALTER. ODER MEINE ALTE... STIMMT ÜBERHAUPT, ICH WEISS NICHT MAL, WIE DU MIT VORNAMEN HEISST!

HE! WIE HEISST ER MIT VORNAMEN?

LUCIE!

DZZZ

ZIIIJ

4

OKAY, KEINE GEFAHR MEHR! DAS „BIEST" IST VOM STECKER!

UND?... ÜBERZEUGT?

ICH BIN VOR ALLEM ÜBERZEUGT, DASS DIESER ROBOTER ES OFFENBAR AUF SIE ABGESEHEN HAT, *AUF SIE GANZ ALLEIN!*

SOLL DAS HEISSEN, ER WURDE PROGRAMMIERT, UM MICH... ZU TÖTEN?

WER WEISS? ...ICH MUSS SEIN GEHIRN MITNEHMEN UND DEN SPEICHER ANALYSIEREN.

NUR ZU, MEINETWEGEN... NEHMEN SIE ES MIT! ABER ICH WARNE SIE: ICH WILL KEINE ÖFFENTLICHKEIT! KEINE PRESSE UND KEINE POLIZEI, KLAR?

KEINE POLIZEI? UND WENN ICH ENTDECKE, DASS...

ICH SAGTE: *KEINE!*

JAJA, IST JA GUT...

...GEHT MIR GANZ SCHÖN AUF DIE NERVEN MIT SEINEM CHEFGEHABE...

SELTSAMER LADEN!

ZZOOMM

6.

HERBERGSZENTRUM... VIELE HERBERGSGÄSTE HAB ICH DA ABER NICHT GESEHEN.

GLOM? HAT JEMAND ANGERUFEN, WÄHREND ICH WEG WAR?

NUR CHLOE. SIE LÄSST DIR SAGEN, DASS SIE HEUTE ABEND ERST SPÄT ZURÜCK- KOMMT.

BONG!

?!

WAS IST DAS FÜR EIN LÄRM?

KEINE AHNUNG! DAS KAM VON HINTEN AUS DEM LIEFERWAGEN. ICH SEH MAL NACH.

DU BIST GANZ SICHER, DASS SIE NICHT MEHR IM HAUS IST?

ABSOLUT. SIE MUSS ABGEHAUEN SEIN, WÄHREND DER ROBOTECHNIKER DA WAR!

...DAS KLEINE BIEST HAT SOGAR DIE KAMERAS IN DER EINGANGSHALLE AB- GESCHALTET.

VERDAMMT! WIR MÜSSEN SIE FINDEN, BEVOR SIE WIEDER EINEN ANFALL KRIEGT. KOMM, FRAGEN WIR DIE ANDEREN KINDER!

BZZOOOO

HE?! WAS MACHST DU DENN HIER DRIN?

BITTE... BRINGEN SIE MICH NICHT ZU DENEN ZURÜCK!

HIER, SEHEN SIE, WAS ERWIN UND DARLANE MIT MIR GEMACHT HABEN...

7.

DU HATTEST RECHT, COLIN!

...ES SIND TATSÄCHLICH ELEKTRONISCHE IMPLANTATE! EINEM KIND SO WAS ANZUTUN! DIE SIND JA IRRE!

DAS SEHE ICH AUCH SO. DU VERSTEHST, DASS ICH SIE AUF KEINEN FALL DAHIN ZURÜCKBRINGEN WILL...

AB UND ZU WIRD MIR GANZ HEISS IM KOPF VON DIESEN SACHEN. BESONDERS WÄHREND MEINER ANFÄLLE...

KANNST DU MIR SO EINEN ANFALL BESCHREIBEN? WAS SPÜRST DU, WENN ES SOWEIT IST?

AM ANFANG WIRD MIR IMMER KALT... SEHR, SEHR KALT! DANN SCHWEBT MEIN GANZER KÖRPER WIE IM WASSER, UND LAUTER DINGE ZIEHEN AN MEINEN AUGEN VORÜBER.

WIE LANGE DAUERT DAS?

UND... KOMMEN DEIN VATER UND DEINE MUTTER DICH OFT BESUCHEN?

ICH WEISS NICHT, DARLANE HAT ES MIR NIE GESAGT...

MAMA IST BEI MEINER GEBURT GESTORBEN. UND MEIN VATER IST UNBEKANNT, SAGT DARLANE...

KOMM... WIR MACHEN UNS EIN BISSCHEN HÜBSCH, OKAY?

OH, OH...

MINKINE! KOMM MAL, SCHNELL!

ICH KOMME!

WEISST DU... MEINE TOCHTER IST GENAUSO ALT WIE DU. DIES SIND IHRE KLEIDER! SUCH DIR AUS, WAS DIR GEFÄLLT, OKAY?

SIEH MAL!

UH...!

EIN „AUFKLÄRER" VOM MILITÄRISCHEN SICHERHEITSDIENST... DIE SPIONAGEABWEHR DÜRFTE GERADE DABEI SEIN, DEINE VERGANGENHEIT ZU DURCHLEUCHTEN, MEIN LIEBER...

AH, JA?! HABE ICH FALSCH GEPARKT?

UNSINN. ICH ARBEITE AUF EINEM GEBIET DER WELTRAUMMEDIZIN, DAS ALS „TOPSECRET" EINGESTUFT IST. KLAR, DASS DIE WISSEN WOLLEN, WER BEI MIR EIN UND AUS GEHT.

ICH WUSSTE GAR NICHT, DASS DU MIT DEM MILITÄR ZU TUN HAST!

GLAUBST DU, DIE HÄTTEN MICH NACH MEINER MEINUNG GEFRAGT?

UND DIE KLEINE? WAS HÄLTST DU DAVON?

FRAGST DU MICH ALS ÄRZTIN? ODER ALS FREUNDIN?

NUN, SAGEN WIR... ALS BEFREUNDETE ÄRZTIN.

KRRRR-KRRR KRRR

KRRR-SHIIIII

IST IRGEND ETWAS IN DEINEM LIEFERWAGEN, DAS DAS VERURSACHT HABEN KANN? ETWAS MAGNETISCHES, WAS WEISS ICH...?

NEIN... ABSOLUT NICHTS... IN DEM AUTO SCHEINT NIEMAND VERLETZT WORDEN ZU SEIN...

DU MUSST VERSCHWINDEN, COLIN! DAS WRACK DIESES BLÖDEN „AUFKLÄRERS" WIRD DIE LEUTE VOM SICHERHEITSDIENST AUF DEN PLAN RUFEN! SIE BRAUCHEN DICH MIT DER KLEINEN NICHT SEHEN!

UND WAS, BITTE, SOLL ICH MIT IHR MACHEN?

ICH GEBE ZU, DIESE GESCHICHTE MIT DEN ELEKTRONISCHEN IMPLANTATEN KOMMT MIR SEHR KOMISCH VOR...

BRING MICH NICHT ZU DARLANE ZURÜCK, BITTE! ICH WERDE ALLE ROBOTER ZERTRÜMMERN, DIE DIR ÄRGER MACHEN!

ZEHN MINUTEN SPÄTER...

OKAY, WIR SIND WEIT GENUG WEG. DU KANNST RAUSKOMMEN!

PFIUU!...IST HEISS DA DRINNEN!

DAS WAR LEIDER NÖTIG, MEINE LIEBE. SO HAT NIEMAND BEI MINKINE EIN KLEINES MÄDCHEN IM NACHTHEMO HERAUSKOMMEN SEHEN.

ZIEH DICH JETZT AN! MINKINE HAT DIR EIN PAAR SACHEN EINGEPACKT.

MINKINE...IST DAS DIE FRAU, MIT DER DU KINDER MACHST?

DIE FRAU, MIT DER ICH WAS?! ÄH...NEIN, WAS FÜR EINE FRAGE! WIE KOMMST DU DARAUF?

NUR SO... ICH MAG GROSSE LEUTE, DIE KINDER MACHEN.

ERWIN UND DARLANE MACHEN NIE WELCHE. UND DU, MACHST DU EINMAL WELCHE?

VIELLEICHT. ÜBRIGENS... ICH WEISS IMMER NOCH NICHT, WIE DU HEISST.

JENNIFER, UND DU?

COLIN. FREUT MICH, JENNIFER.

BIIIP! COLIN?! ZWEI MÄNNER BRECHEN GERADE DIE TÜR ZUR WERKSTATT AUF!

WAS SOLL ICH MACHEN? BIST DU NOCH WEIT WEG?

FÜNF KILOMETER... STELL DAS VIDEOPHON AUF ARNOLDS AUGEN EIN!

UND DANN SAG GLOM, ER SOLL DIE WERKSTATT- ROBOTER WECKEN. BEEIL DICH!

BOMM BOMM... KRR...

11

NUR DIE RUHE, CHILI! WENN MAN FÜR SOLCHE TROTTEL WIE DIESEN ERWIN ARBEITET, WIRD MAN IMMER GEDECKT, AUF DIE EINE ODER ANDERE ART. ZIEMLICH GESCHMACKLOS, DIESES BILD...

HE ?!

GIB DAS WIEDER HER!

ERWIN ?! HAT DER VON ERWIN GE- REDET ?

LUCAS! HILF MIR DOCH MAL! DIESER BLÖDE... WOUAAH!

ICH SAGTE DOCH, HAU IHM EINS AUFS MAUL! JETZT SIEH ZU, WIE DU KLAR- KOMMST!

TINK

BZZ-ZZ ZZ

ZBIZZL.. ZZZ.

AAAH! CHILI!

13

WENN DU WILLST, KANNST DU SCHON ANFANGEN, SIE MIT ARNOLDS HILFE AUSZUFRAGEN. ER WIRD SICH VOR SIE STELLEN.

NICHT NÖTIG, ICH BIN IN ZWEI MINUTEN DA!

IST DIE STADTPOLIZEI BENACHRICHTIGT?

ARNOLD HAT DAS NÖTIGE VERANLASST! ABER DU KENNST JA DIE JUNGS VON DER STADTPOLIZEI. DIE HABEN DIE RUHE WEG!

DU SIEHST, JENNIFER, MEINE ROBOTER HABEN NICHTS BÖSES IM SINN. SIE HABEN DIE BEIDEN EINBRECHER ANGEGRIFFEN, WEIL ICH ES BEFOHLEN HABE. EIN ROBOTER IST NICHT IN DER LAGE, EINEM MENSCHEN ETWAS ANZUTUN, ES SEI DENN, MAN HAT IHN DARAUF PROGRAMMIERT...

DU VERGISST DEN, DER AUF ERWIN LOSGE-GANGEN IST!

ER MUSS SO PROGRAMMIERT GEWESEN SEIN, DASS ER... NACH DER UNTERSUCHUNG SEINES SPEICHERS WEISS ICH MEHR.

SO! HIER WOHNE ICH!

EINER DER EINBRECHER HAT VON ERWIN GESPROCHEN. ICH BIN SICHER, SIE SIND GEKOMMEN, UM MICH ZURÜCKZUHOLEN.

...GUT MÖGLICH. UND AUS DIESEM GRUNDE WIRST DU DICH AUCH WIEDER DA VERSTECKEN, WO ICH DICH GEFUNDEN HABE. HUSCH! UND DU STECKST DEINE NASENSPITZE ERST DANN WIEDER RAUS, WENN ICH ES DIR SAGE!

AH! DA IST...

...KKRR...

15

16

IM LIEFERWAGEN ?... DA FINDEN WIR HÖCHSTENS ROBOTER, DIE GENAUSO VERRÜCKT SIND WIE DIE ANDEREN! NEIN DANKE.

HAST RECHT.

KLIK-DZZiii-Klik

...HAST DU DIESEN TYPEN VORHER SCHON MAL GESEHEN?

NOCH NIE.

KLIK ZZZ KLIK ZZ

DU BIST IHNEN BESTIMMT ÜBER DEN WEG GELAUFEN, ALS DU GEKOMMEN BIST...

...HAB NICHT DRAUF GEACHTET. DU WEISST JA, DA DRAUSSEN SIEHT JEDER AUS WIE EIN BOMBENLEGER!

ICH WAR SCHON ÜBERRASCHT GENUG, ALS ICH DIESES MÄDCHEN AUS DEINER KISTE STEIGEN SAH...

...UND WAS MEINST DU, WIE ICH GEGUCKT HAB, ALS SIE MICH FRAGTE, OB ICH DIE FRAU BIN, DIE MIT DEM FREUND VON MINKINE KINDER MACHT...

HA, HA... SEHR WITZIG!

NA SCHÖN, DU SIEHST ES VON DER HEITEREN SEITE. TROTZDEM, ES WAR FURCHTBAR!

ICH VERSTEH'S EINFACH NICHT... MIT DEN ROBOTERN HATTE ICH DIE LAGE VÖLLIG UNTER KONTROLLE...

UND DANN...PAFF! MIT EINEM SCHLAG SIND SIE ALLE DURCHGEDREHT!

KLIK DZIiiii KLIK DZIiii...

DAS...DAS WAR MEINE SCHULD, COLIN!

ICH HABE MICH ÜBER DEINE ROBOTER GEÄRGERT, DARUM HABE ICH SIE BESTRAFT!

17.

NIRGENDS? AUCH NICHT IM LIEFERWAGEN? IHR HABT DOCH NACHGESEHEN...?!

JA, NATÜRLICH. WOFÜR HALTEN SIE UNS?

CHRS

CHRS ZONE 5

Solarmob

WIR HABEN DIE KISTE VON OBEN BIS UNTEN DURCHSUCHT... NICHT WAHR, CHILI?

ÄH... JA.

MEINE GÜTE!

DIESES MISTSTÜCK! WENN WIR SIE NICHT FINDEN, BEVOR SIE IHREN NÄCHSTEN ANFALL KRIEGT, WÄRE DAS KATASTROPHAL!

DARLANE, GIBT'S WAS NEUES?

NEIN, NICHTS...

SIE BEHAUPTEN ALLE, DASS JENNIFER IHNEN NICHTS GESAGT HAT... NATÜRLICH HABEN SIE AUCH NICHTS GESEHEN.

EIN LÜGENDETEKTOR WÜRDE DIE SACHE ERHEBLICH VEREINFACHEN!

ICH WERDE EINEN BESORGEN.

SO, GLOM IST WIEDER IN ORDNUNG! UND DU, JENNIFER, ZEIGST UNS JETZT, WAS DU MACHST, WENN DU EINEN ROBOTER „BESTRAFST". OKAY?

OKAY.

...UND JETZT?

18

LOS, JENNIFER! JETZT BIST DU DER STAR!

UND ICH? WAS MACH ICH? KANN MIR MAL JEMAND ERKLÄREN, WAS HIER...

TINK! ZZZ...

KRRR KLACK KRRR

KRRR

MEINE GÜTE! SIE HAT ALLE AXONE VERGLÜHEN LASSEN!

GGHH PD,

HIER, CHLOE! FILM DU WEITER! VOR ALLEM DAS GESICHT DER KLEINEN!

GHH GHH

JENNIFER! ES IST GENUG! HÖR JETZT AUF! JENNIFER!

NAAAH-

JENNIFER! JEN...?!

AAAH!

19

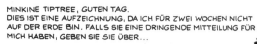

...IM HIMMEL.

RAUMSTATION „LIBRA 4", ACHTUNDVIERZIG STUNDEN SPÄTER...

...DIE JENNIFER IM HIMMEL?

JA, DAS HAT SIE GESAGT. ICH KONNTE SIE NICHT DAZU BRINGEN, ZU ERKLÄREN, WAS SIE DAMIT MEINT. WAS HÄLTST DU DAVON, MINKINE?

WILLST DU DAS WIRKLICH WISSEN?

SICHER. DU BIST SCHLIESSLICH ÄRZTIN, ODER?

ICH DENKE, DASS ES SEHR LEICHTSINNIG VON EUCH IST, SIE ZU BEHALTEN. BRINGT SIE WIEDER DAHIN ZURÜCK, WO SIE HER- GEKOMMEN IST!

?!... ABER MINKINE... DU HAST WIE ICH DIE BEIDEN ELEKTRONISCHEN IMPLANTATE AN IHRER SCHLÄFE GESEHEN. AUSSERDEM HABE ICH DIR DOCH GERADE ERKLÄRT, WAS PASSIERT IST...

P.L-N

COLIN! DIESES MÄDCHEN IST EINE ENTFLOHENE MINDERJÄHRIGE! WENN DU SIE NICHT IN DAS ZENTRUM ZURÜCKBRINGST, WIRST DU DIE GRÖSSTEN SCHEREREIEN BEKOMMEN...

DU ERSTAUNST MICH, MINKINE! WIRKLICH! JENNIFER HAT EINEN HORROR DAVOR, DORTHIN ZURÜCKZUKEHREN!

WAS MISCHST DU DICH DA ÜBERHAUPT EIN, COLIN? SOWEIT ICH WEISS, BIST DU NICHT IHR VATER...

PLS USE MAGNETIC CARD ONLY

21

WAS DU NICHT SAGST... ICH HABE MICH ÜBER DIESES ZENTRUM ERKUNDIGT. HALT DICH GUT FEST, MEINE LIEBE : OFFIZIELL EXISTIERT DIESES ZENTRUM SCHON SEIT ZEHN JAHREN NICHT MEHR !

ZIEMLICH MERKWÜRDIG, NICHT ? EIN ZENTRUM, DAS AUSSERHALB DER LEGALITÄT OPERIERT UND SICH DAMIT VERGNÜGT, AN WAISENKINDERN ABSTRUSE EXPERIMENTE DURCHZUFÜHREN...

HE, MINKINE, BIST DU NOCH DA ?

ABER JA DOCH... DU HAST RECHT. DAS BESTE WÄRE, JENNIFER HIERHER-ZUBRINGEN, AUF STATION 4.

NA SO WAS... ES IST NOCH KEINE MINUTE HER, DA ER-ZÄHLST DU MIR...

JA, DAS WAR DUMM... MIT DEM CLARK VON SRI LANKA KÖNNT IHR IN FÜNFZEHN STUNDEN HIER SEIN. ICH ERWARTE EUCH.

COLIN !

AH, CHLOE. ICH FINDE, DEINE SCHWESTER BENIMMT SICH MERKWÜRDIG. SIE... WOW ! JENNIFER !

SIEHT SIE NICHT ENTZÜCKEND AUS ?

HI HI HI HI

SIE IST HIN-REISSEND !

JA, ICH BIN RICHTIG STOLZ AUF MEINE ARBEIT.

JENNIFER, HÄTTEST DU LUST, IN DEN WELTRAUM ZU FLIEGEN ?

IN DEN WELTRAUM ?... DU MEINST, IN DEN HIMMEL ? DAHIN, WO DIE ANDERE JENNIFER WOHNT ?

O JA, COLIN, JA !

22

ALSO GUT, EINVERSTANDEN! CHLOÉ, DU BESORGST UNS PLÄTZE FÜR DEN CLARK VON SRI LANKA. ICH WERDE IN DER ZWISCHENZEIT GLOM PRÄPARIEREN...

ICH BRAUCHE IHN HEUTE NACHT FÜR EINEN DISKRETEN BESUCH IM C.H.R.S.S., DEM HERBERGSZENTRUM.

WO JETZT LANG, COLIN?

DIE HINTERTÜR... JA... GEH DA REIN, DIE ANDERE WIRD VON EINER KAMERA ÜBERWACHT. ICH HABE KEIN SEHR KLARES BILD...

STELL BITTE DEIN INFRAROTAUGE ETWAS NACH...

...IST DAS WAHR? DU BIST SCHON OFT IM WELTRAUM GEWESEN?

ABER JA! ICH BIN JEDEN MONAT ZWEI WOCHEN DORT OBEN. ICH ARBEITE ALS DOLMETSCHERIN AUF EINER GROSSEN INDUSTRIESTATION.

DIE MEISTE ZEIT REDE ICH DORT NUR CHINESISCH. KENNST DU CHINA?

NEIN.

COLIN, ICH BIN HIER IN EINER ART BÜRO MIT EINGE-SCHALTETEN BILDSCHIRMEN. SIEHST DU SIE?

JA, GEH SIE DER REIHE NACH DURCH!

GLOM, STOP! GROSSEINSTELLUNG AUF DIE ACHT!

23

MEIN GOTT... DIESE SCHWEINE BEARBEITEN DAS KIND MIT EINEM LÜGENDETEKTOR. WENN ICH NUR DEN TON HABEN KÖNNTE... GLOM, RICHTE DEINE OPTIK AUF DIE LIPPEN DES JUNGEN...

...UND DECHIFFRIERE MIR, WAS ER SAGT. MACH SCHNELL!

JENNIFER, SETZ DEINE PERÜCKE AUF! HE, WAS MACHST DU DA?

DAS IST DOCH DIE KASSETTE MIT DEN AUFNAHMEN VON MEINEM LETZTEN ANFALL. ICH WÜRDE DAS GERN MAL SEHEN.

JEN...NI... FER...VER... STECKT... IM...

NEIN, JENNIFER! SIEH ES DIR NICHT AN!

ZU SPÄT! ES LÄUFT SCHON!

LOS, JENNIFER, JETZT BIST DU DER STAR!

BAH, DU SIEHST SOWIESO NICHTS, DAS BAND IST KAPUTT!

NEIN, ICH ERKENNE ES! DAS IST DIE ENTE AM BALLON!

...WAGEN... DES... ROBO... TECH...

...ICH SEHE SIE OFT IN MEINEM KOPF, WENN ICH EINEN ANFALL HABE. JENNIFER IM HIMMEL SIEHT SIE AUCH.

WEISST DU EIGENTLICH, DASS DU MIR LANGSAM ANGST MACHST?

KOMISCH, DASS DAS AUF DER VIDEOKASSETTE DRAUF IST. KANN MAN DENN FILMEN, WAS JEMAND IM KOPF HAT?

KZZIII... ANRUF VON COLIN AUF DEM VIDEOPHON! KZZIII...

NIMM IHN AUF DEINEN EMPFÄNGER, ARNOLD! ICH HÖRE...

94

SCHIESS LOS, COLIN! ICH HÖRE DICH ÜBER ARNOLD! HAST DU WAS RAUSBEKOMMEN?

UND OB! ICH HABE SOEBEN DIE BEIDEN LEITER DES ZENTRUMS DABEI ERTAPPT, WIE SIE EINEN JUNGEN AM LÜGENDETEKTOR AUSGEQUETSCHT HABEN.

DER JUNGE HAT GESAGT, ER HABE GESEHEN, WIE SICH JENNIFER IN MEINEM WAGEN VERSTECKT HAT. DU WEISST, WAS DAS BEDEUTET!

DU MUSST MIT DER KLEINEN VERSCHWINDEN, CHLOE! SOFORT! NIMM DEN ERSTEN HYPERSCHALL-FLIEGER NACH SRI LANKA! ICH TREFFE DICH MORGEN ABEND IM CLARK. SOLANGE DER MOLMOL DRIN IST, WILL ICH DIE GELEGENHEIT NUTZEN UND NOCH ETWAS HERUMSCHNÜFFELN!

ASTROPORT VON SRI LANKA, ZWÖLF STUNDEN SPÄTER...

WARUM STEIGEN WIR NICHT AUS?

DER RUMPF MUSS ERST ABKÜHLEN...

WARUM HAT DER HERR DORT DIE GANZE ZEIT IN DIE TÜTE GESPUCKT?

JENNIFER, PSSST!

...DIE PASSAGIERE FÜR DEN CLARK WERDEN GEBETEN, SICH DURCH DEN LUFTKORRIDOR 2 ZUM MEDISCANNER ZU BEGEBEN...

MIST! MEDIZINISCHE KONTROLLE...

WAS IST DAS, EIN SCANNER? WIESO MÜSSEN WIR DA HIN?

WIESO, WIESO... JENNIFER, BITTE...

...KÖNNTEST DU DEINE ZUNGE MAL EIN WENIG IM ZAUM HALTEN?

WIESO IM ZAUM?

25

CHLOE TIPTREE BITTE...

AH, ICH BIN DRAN. DU WIRST SEHEN, JENNIFER, ES IST ÜBERHAUPT NICHTS DABEI!

DU STELLST DICH EINFACH HIER IN DEN LICHTKREIS. DEN REST ÜBERLÄSST DU DER MASCHINE.

...DIESE BLÖDE KONTROLLE HATTE ICH TOTAL VERGESSEN! JENNIFER HAT MIT IHREN IMPLANTATEN KEINE CHANCE, SIE ZU PASSIEREN. MIST, VERDAMMTER!

DA, GRÜNES LICHT! ICH BIN O.K. FÜR DEN WELTRAUM! JETZT DU, JENNIFER!

DA IST DAS MÄDCHEN, COLONEL!

GUT...LASSEN SIE SIE DURCH, ES SEI DENN, ES GIBT GRÖSSERE KOMPLIKATIONEN. ICH ÜBERNEHME DIE VERANTWORTUNG!

CHLOE! ICH HABE AUCH GRÜNES LICHT!

GRATULIERE, MEIN SCHATZ! DU HAST DEINE FAHRKARTE ZU DEN STERNEN GEWONNEN!

TOLL! GEHEN WIR?

JA, WIR GEHEN. DAS SHUTTLE, DAS UNS ZUM CLARK BRINGEN WIRD, WARTET SCHON.

TROTZDEM KOMISCH, DASS MAN SIE SO OHNE WEITERES DURCHGELASSEN HAT...

CHLOE, WAS IST EIN CLARK?

26

SIEH DURCH DAS BULLAUGE!
DAS LANGE, WEISSE DING DORT, DAS IST
EIN CLARK...

WIII-III III...

...EIN FAHRSTUHL ZUM
WELTRAUM. SIEHST
DU IHN?

JA.

OH... IST DER
GROSS, CHLOE!
ICH HABE
ANGST!

DAS GEHT
VORBEI, KLEINE!
ICH WAR BEIM ERSTEN-
MAL RICHTIG GRÜN IM
GESICHT.

MISS
CHLOE TIPTREE
FROM EUROPE?

Ä'H,
JA...
YES.

COM-TAPE
MESSAGE
FOR YOU,
PLEASE.

KLIK!

27

WAS IST DENN DAS, CHLOE?

EIN COM-TAPE! EINE PERSÖNLICHE BOTSCHAFT. BESTIMMT VON COLIN!

HOFFENTLICH IST IHM NICHTS PASSIERT!

HALLO, SÜSSE!

NEIN, IHM IST NICHTS PASSIERT!

...WENN DU MICH HÖRST, BIN ICH SCHON UNTERWEGS ZU EINEM KAFF IM NORDEN MIT NAMEN GRABORNY.

SPACE A JOB FOR YOU

GLOM HAT HEUTE NACHT EINE LISTE MIT DEN NAMEN ALLER KINDER GEFUNDEN, DIE IN DEM ZENTRUM FESTGEHALTEN WERDEN. ES SIND ACHT.

AUCH JENNIFERS NAME STAND DARAUF: AZKORIAN.

_jennifer azkorian

ICH WAR AUF DEM EINWOHNERAMT. DORT HABE ICH ERFAHREN, DASS JENNIFER AZKORIAN VOR NEUN JAHREN IM „HARMSTON MEMORIAL HOSPITAL" IN GRABORNY GEBOREN WURDE. IHRE MUTTER IST BEI DER GEBURT GESTORBEN.

AUCH IHR VATER LEBT NICHT MEHR. ER KAM VOR DREI JAHREN BEI EINEM BETRIEBSUNFALL AUF EINER LUNAREN BOHRSTATION UMS LEBEN. ER ARBEITETE BEI *SIDCOM PROSPECTION*.

ICH HABE AUCH ÜBER DIE ACHT ANDEREN ERKUNDIGUNGEN EINGEZOGEN. ES IST UNGLAUBLICH, CHLOE! BEI JEDEM DER ACHT KINDER DIESELBE GESCHICHTE! HAARGENAU DIESELBE!

28

JA, L'HLOE !
DIE ELTERN ALLER KINDER SIND UNTER
IDENTISCHEN UMSTÄNDEN UMS LEBEN GEKOMMEN:
DIE MÜTTER IM WOCHENBETT, DIE VÄTER BEI
ARBEITSUNFÄLLEN AUF DEM GELÄNDE DER
SIDCOM PROSPECTION.
MIT EINER AUSNAHME: EINEM GEWISSEN
STORLIEN.

... MIT DIESEM AUSNAHMEFALL WILL ICH MICH IN
GRABORNY TREFFEN.
NEHMT DEN CLARK, OHNE AUF MICH ZU WARTEN,
ICH KOMME SPÄTER NACH. VIELE KÜSSCHEN, WOHIN
DU WILLST... CIAO ! KLICK !

WAS ERZÄHLT
COLIN DENN
?

LAUTER DUMMES
ZEUG, KLEINE...
UND ER GIBT
DIR EINEN
KUSS !

HA ! IST DAS
DUMMES
ZEUG ?

IN WELCHE SCHEISSE ZIEHST
DU UNS DA HINEIN, COLIN ...
?

CHLOE...
ICH...

JENNIFER, BITTE...
HALT MAL FÜR EINE
MINUTE DEINEN
SCHNABEL...
OKAY ?

GRABORNY...
DAS WURDE
AUCH ZEIT !

Graborny...

"HARMSTON MEMORIAL"...
IN DIESEM HOSPITAL IST JENNIFER
GEBOREN.

... HIER SIEHT'S AUS WIE AUF
EINER LANDKOMMUNE. ICH HABE
NICHT DAS GEFÜHL, ALS WÜRDE
EINEM UNRASIERTEN STADT-
MENSCHEN WIE MIR HIER EINE SYM-
PATHIEWELLE ENTGEGENSCHLAGEN...

GLOM... LEG DOCH MAL DEN PLAN VON GRABORNY AUF DEN SCHIRM, UND SUCH MIR EINEN ORT NAMENS HEMELGEEL RAUS!

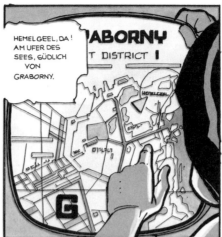

HEMELGEEL, DA, AM UFER DES SEES, SÜDLICH VON GRABORNY.

DAS LIEGT JA AM ENDE DER WELT!

DONNERWETTER! HIER WOHNT EIN LEBENSKÜNSTLER! DIESE RUHE... UND DIESE DÜFTE... RIECHST DU DAS, GLOM?

ACH WEISST DU, OHNE NASE...

HALLO! HERR STORLIEN?

TSCHII... DFF... TSCHII... DFF...

ICH BIN HIER, HERR NORGE!

..PFF..

TSCHII-PFF... TSCH!

OH... HERR STORLIEN... ICH WUSSTE NICHT, DASS SIE...

... DASS ICH IN EINER ROBOT-LUNGE LEBE? ALSO, WAS VERSCHAFFT MIR DIE EHRE, EINEN ROBOTECHNIKER ZU BESUCH ZU HABEN?

WOHER WUSSTEN SIE...

DIE BESCHRIFTUNGEN AUF EINEM FAHR-ZEUG KANN ICH NOCH LESEN, HERR NORGE!

30

HERR STORLIEN, SIE HABEN DOCH VOR EIN PAAR JAHREN FÜR DIE *SIDCOM* GEARBEITET, NICHT ?

RICHTIG. ICH WAR BOHRTECHNIKER DER KLASSE A. BIS ZU DIESEM DUMMEN UNFALL AUF DER BOHRSTELLE AM MONDKRATER HUMBOLDT.

WAS WAR DAS FÜR EIN UNFALL ?

EIN ZIEMLICH BLÖDER UNFALL! EIN DEFEKTER RAUMANZUG! DER ENORME DRUCKABFALL HAT MICH... ABER WARUM FRAGEN SIE ?

ICH... ICH BIN HIER, UM IHNEN VON DUNCAN ZU ERZÄHLEN, IHREM SOHN.

NEIN, NEIN, DA IRREN SIE SICH! ICH HABE NIE KINDER GEHABT!

STORLIEN! IHRE FRAU IST IM „HARMSTON MEMORIAL HOSPITAL" VON GRABORNY BEI DER GEBURT EINES JUNGEN GESTORBEN, ODER NICHT ?

TUT MIR LEID, HERR STORLIEN, ABER ICH WEISS, DASS SIE LÜGEN...

SIE MÜSSEN MICH MIT JEMANDEM VER- WECHSELN! SO, UND NUN LASSEN SIE MICH IN RUHE!

TOCK TOCK

31

...EINES IST SICHER. DORT, WO SIE SIND, ATMEN SIE *UNS* !

...WIR LIEFERN SAUERSTOFF IN MEHR ALS VIERZIG WELTRAUMKOLONIEN !

...REINEN SAUERSTOFF ! FRISCH WIE AUS DEN BERGEN !

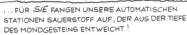

...FÜR *SIE* FANGEN UNSERE AUTOMATISCHEN STATIONEN SAUERSTOFF AUF, DER AUS DER TIEFE DES MONDGESTEINS ENTWEICHT !

KAUFEN SIE *SIDCOM* SAUERSTOFF !

CHLOE! CHLOE! WACH AUF, SCHNELL !

C.H.R.S. 5, GUTEN TAG !
AH, SIE SIND ES !
IST IN GRABORNY ALLES WIE GE-PLANT VERLAUFEN ?

BZZZ ///

LEIDER NEIN... UNSER EINSCHÜCHTERUNGSVERSUCH GING NACH HINTEN LOS ... DAS BIOM VON NORGE WAR SCHULD.
ABER SCHLIMMER NOCH : NORGE HAT EINEN ROBOTERKOPF VON IHNEN MITGENOMMEN.

DEN KOPF EINES AKRON 16, NA UND ?

NUN, DER SPEICHER DES ROBOTERS DÜRFTE BELASTENDES MATERIAL ÜBER IHRE ARBEIT ENTHALTEN ...

ES LEBE DER BLUFF !

WENN SIE MEHR DARÜBER WISSEN WOLLEN, NORGE ERWARTET SIE MORGEN FRÜH UM ELF UHR AUF DEM PARKPLATZ DES ASTROPORTS... MIT 100.000 ECU.

35

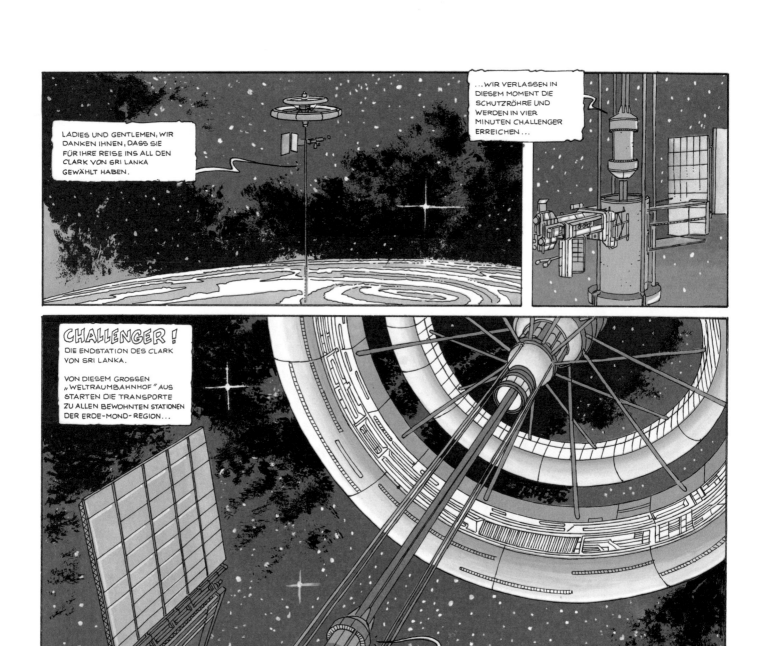

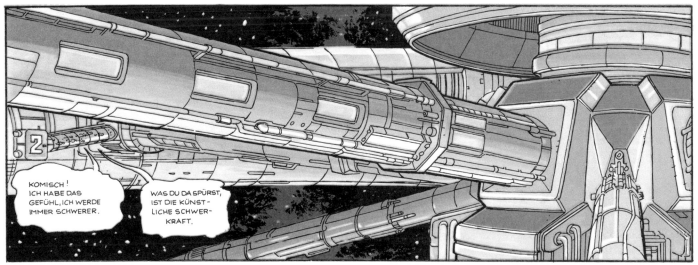

KOMISCH!
ICH HABE DAS
GEFÜHL, ICH WERDE
IMMER SCHWERER.

WAS DU DA SPÜRST,
IST DIE KÜNST-
LICHE SCHWER-
KRAFT.

ERWARTET
MINKINE UNS
HIER?

NEIN.
WIR MÜSSEN JETZT EIN
SCHIFF ZUR STATION
„LIBRA 4" NEHMEN.
DORT WERDEN WIR
SIE DANN
TREFFEN.

BRRR...

CHLOE TIPTREE VOM FLUG
LOCBUS 210?

ÄH...
JA?!

MILITÄRISCHER
SICHERHEITS-
DIENST.
ICH DARF SIE
BITTEN, UNS ZU
FOLGEN.

IHNEN FOLGEN? WOHIN
DENN? HÖREN SIE, ICH
WILL MEIN RAUMSCHIFF
NICHT VERPASSEN!

BITTE...
DOKTOR MINKINE
TIPTREE ERWARTET
SIE AUF DER
BASIS
HUMBOLDT.

HUMBOLDT? ABER DAS IST
AUF DEM MOND!

FLIEGEN WIR ZUM MOND,
CHLOE?

JA, MEINE SÜSSE.
MINKINE HAT MANCH-
MAL VERRÜCKTE
IDEEN.

DER MOND!

MONDBASIS HUMBOLDT...

...DAS IST DER WERBESPOT!

DIE KLEINE AZKORIAN SPRICHT VON EINER „JENNIFER IM HIMMEL" UND EINER „ENTE AM BALLON", DIE SICH IN EINER FABRIK WIE DIESER HIER AUF DEM WERBESPOT DER *SIDCOM* BEFINDEN SOLLEN.

FÜR MICH GIBT ES NICHT DEN GERINGSTEN ZWEIFEL. DIESE „JENNIFER IM HIMMEL" IST DER KLON VON JENNIFER AZKORIAN...UND DIESER KLON VERSUCHT, MIT IHR IN TELEPATHISCHEN KONTAKT ZU TRETEN.
BLEIBT NUR DIE FRAGE, WAS MIT „ENTE AM BALLON" GEMEINT IST...

SAGEN SIE... DIE STATION IN DIESEM SPOT, WELCHE IST DAS?

SIDCOM 26. EINE AUTOMATISCHE EINHEIT ZUR SAUERSTOFF-ERZEUGUNG.

WARUM FAHREN WIR NICHT HIN UND SEHEN NACH, WAS DORT EINER ENTE AM BALLON ÄHNELN KÖNNTE?

EINE UNSERER PATROUILLEN IST SCHON UNTERWEGS.
DU HAST RECHT. MAN WEISS NIE...

JA, RONALD?

DOC TIPTREE... IHRE SCHWESTER IST DA.

GUT.

IST JENNIFER IM BLOCK D?

WIR HABEN SIE GLEICH NACH DER ANKUNFT DORT HINGEBRACHT.

38

HALLO, SCHWESTERCHEN!

WO IST JENNIFER?

IN GUTEN HÄNDEN, SEI UNBESORGT.

ACH SO, „IN GUTEN HÄNDEN". IST DAS HIER IN DER NÄHE? UND DU, WAS MACHST DU AUF EINER MILITÄRBASIS?

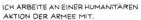

ICH ARBEITE AN EINER HUMANITÄREN AKTION DER ARMEE MIT.

WILLST DU MICH VERÄPPELN?

KEINESWEGS. WIR SIND EINEM INDUSTRIEKONSORTIUM AUF DER SPUR, DAS EINE GANZ BESONDERE ART VON ILLEGALEN ARBEITSKRÄFTEN BESCHÄFTIGT: MENSCHLICHE KLONE.

?!

...MEHR ALS 80% DER ARBEITSUNFÄLLE IM ALL GEHEN AUF PROBLEME DER SCHWERELOSIGKEIT UND AUF KLAUSTROPHOBIE ZURÜCK. WUSSTEST DU DAS, SCHWESTERCHEN?

KANN MAN NICHT DIE MENSCHEN DURCH ROBOTER ERSETZEN...?

ZU TEUER. JEDER ROBOTER BRAUCHT EIN KOMPLETTES GEGENSTÜCK AUS ERSATZTEILEN... UND EINEN TECHNIKER FÜR DIE KONTROLLE.

KURZUM, FÜR EIN INDUSTRIEUNTERNEHMEN WIE DIE SIDCOM BEDEUTEN DIESE WELTRAUMKRANKHEITEN EINEN NETTOVERLUST VON JÄHRLICH MEHREREN HUNDERT MILLIONEN...

SIDCOM... COLIN ERWÄHNTE DIESEN NAMEN, ALS ER MIR VON JENNIFERS VATER ERZÄHLTE.

ER HAT DORT GEARBEITET UND KAM DABEI UMS LEBEN. EINE UNDICHTE LUFTSCHLEUSE... BUMM!

39

DIE KINDER!

EIN KLON ... EIN GENETISCHES DOUBLE!
DAS ALSO WAR DIE "JENNIFER IM HIMMEL".
WIE WAR DAS MÖGLICH.

DIE SIDCOM BESITZT EINE REIHE VON HOSPITÄLERN, DIE IHREN MITARBEITERN UND DEREN FAMILIEN VORBEHALTEN SIND.
JENNIFERS MUTTER HATTE DAS PECH, IN EINES DAVON EINGELIEFERT ZU WERDEN, UM IHR KIND ZU BEKOMMEN.

DAS "HARMSTON MEMORIAL" IN GRABORNY...COLIN HAT MIR DAVON ERZÄHLT.

HAT MAN EINE AHNUNG, WELCHER ZAUBERLEHRLING DIE ZELL-KLONUNG BEI JENNIFER DURCHGEFÜHRT HAT?

JA, EIN GEWISSER ERWIN COLLAM. ER WIRD SEIT EINIGEN MONATEN DISKRET BESCHATTET ...

WARUM SCHLAGT IHR NICHT ZU? WORAUF WARTET IHR?

WIR MÜSSEN ERST DIE KLONE RETTEN. WENN ER SICH BEDROHT FÜHLT, WIRD ER SIE VERNICHTEN.

...UND UM SIE ZU RETTEN, MÜSSEN WIR WISSEN, WO SIE SIND.
JENNIFERS FLUCHT KOMMT UNS DA SEHR GELEGEN.

BASIS HUMBOLDT? HIER PATROUILLE 15. WIR SIND IN SICHTWEITE VON SIDCOM 26. ERWARTEN IHRE ANWEISUNGEN...

PATROUILLE 15! HALTEN SIE AN, UND SUCHEN SIE DAS GANZE GELÄNDE MIT IHREM INFRA-ROTDETEKTOR AB!

MINKINE... DIE KLEINE...

VER-STANDEN!

JENNIFER SIEHT... SIEHT DIE MASCHINE...EINS... FÜNF...
EINS... FÜNF.

ICH...ICH SEHE DIE ENTE...

DOC! SEHEN SIE!

41

GROSSER GOTT !
DER KLON VON JENNIFER IST IRGENDWO IN DIESER
FABRIK. PATROUILLE 15 ! WAS SAGT IHR
INFRAROTDETEKTOR

POSITIV !
HABEN IM AUFBEREITUNGSTURM
LEBEWESEN GEORTET.
SIND BEREIT, MIT DEM EVAKUIERUNGS-
MODUL ZU INTERVENIEREN !

DANN INTERVENIEREN
SIE !

HUMBOLDT
HIER RETTUNGS-
MODUL !
HABEN SOEBEN
AM WARTUNGS-
SCHACHT DES
KONVERTERS
ANGEDOCKT.
ZEITDRUCK
AUFGRUND DER
DRUCKAN-
PASSUNG.
HABEN SIE EINE
AHNUNG,
WAS DIE
„ENTE AM
BALLON"
IST

42

GROSSER GOTT...
ROBOTERMENSCHEN...MENSCHLICHE
ROBOTER !

...DER DRUCK IM KONVERTER HAT EINEN
KRITISCHEN PUNKT ERREICHT. WIR MÜSSEN SIE
SOFORT EVAKUIEREN !

KEINE ANGST,
JENNIFER... RAUS... RAUS,
JENNIFER...
GEFAHR...

ALLES KLAR... SIE GEHORCHEN DEM OFFENBAR
ÄLTESTEN KLON, DER IHNEN ANWEISUNGEN GIBT.
BEREITET IHREN EMPFANG AUF
HUMBOLDT VOR !

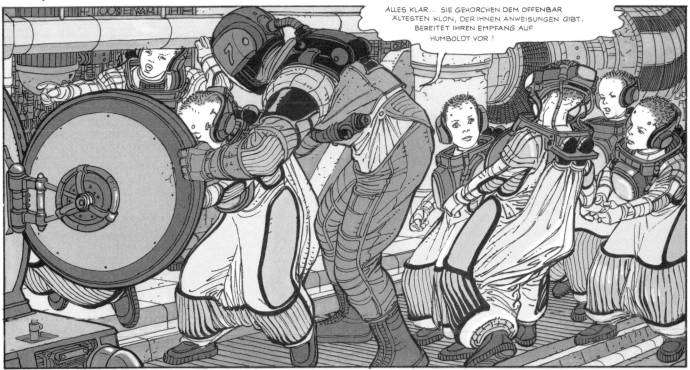

HUMBOLDT...
DIE SIEBEN
KLONE SIND
IM MODUL.
WEITERE
KÖNNEN WIR
NICHT ENT-
DECKEN...
KEHREN ZUM
PATROUILLEN-
FAHRZEUG ZU-
RÜCK...

HUMBOLDT... WIR LASSEN EINEN BEOBACHTUNGSTRUPP AUF *SIDCOM 26* !

OKAY. UND WIR BEREITEN UNS AUF DEN EMPFANG DER KINDER VOR. DOC TIPTREE FRAGT, WIE IHRE REAKTIONEN SIND.

... SEHR BEWEGT... EINE ART STILLE EUPHORIE. WIR HABEN DAFÜR GESORGT, DASS DIE ATMOSPHÄRE IM PATROUILLEN FAHRZEUG DIESELBE IST WIE IM KONVERTER...

DIE TELEPATHIE SCHEINT IHR EINZIGES MITTEL DER KOMMUNIKATION ZU SEIN. FRAGEN SIE MAL DIE KLEINE AZKORIAN, WARUM SIE SO VERGNÜGT SIND !

JENNIFER...

ES IST WEGEN DER KINDER, DIE BEI DARLANE UND ERWIN GEBLIEBEN SIND. SIE KONNTEN SOEBEN EINER GROSSEN GEFAHR ENTKOMMEN !

... EINEM FEUER !

ARNOLD, HÖRST DU MICH ?

ARNOLD HÖRT !

ARNOLD FOLGT DEM FAHRZEUG !

GUT, ARNOLD ! UND JETZT WERDE ICH DIE STADT-POLIZEI INFORMIEREN. VERBINDE MICH BITTE !

ARNOLD UM-GESCHALTET !

ARNOLD IST IHNEN BIS ZUM PARKPLATZ DES ASTROPORTS GEFOLGT... DORT HAT DANN DIE POLIZEI ZUGESCHNAPPT!

WIR MÜSSEN ZUGEBEN, DASS SIE UM EIN HAAR ERFOLG GEHABT HÄTTEN!

...OHNE DAS PHÄNOMEN DER TELEPATHIE ZWISCHEN DEN KINDERN UND IHREN KLONEN... ERSTAUNLICH, DASS COLLAM DAS NICHT VORHERGESEHEN HATTE! UNTER ECHTEN ZWILLINGEN KOMMT SO WAS HÄUFIG VOR, ODER?

JA, SCHEINT SO... ICH HOFFE NUR, DASS DIE *SIDCOM* TEUER DAFÜR BEZAHLEN MUSS. SIEH DIR NUR DAS RESULTAT AN...

...KINDER, FÜR DIE DIE ERDE EIN FEINDLICHER PLANET IST, AUF DEM SIE NUR IN EINEM RAUMANZUG ÜBERLEBEN KÖNNEN...

WER WEISS, MIT DER ZEIT...

NEIN, CHLOE, NIEMALS! DER ORGANISMUS DER KINDER VON *SIDCOM 26* IST DEN BEDINGUNGEN AUF DEM MOND ANGEPASST. SIE SIND AUSSERIRDISCHE...

DIE *SIDCOM* IST GEWISS NICHT DAS EINZIGE UNTERNEHMEN, DAS VERSUCHT HAT, ARBEITSKRÄFTE HERZUSTELLEN, DIE FÜR EINEN EINSATZ IM ALL TAUGLICH SIND...

WER WEISS...

IMMERHIN VERSTEHT SICH UNSERE IRDISCHE JENNIFER BLENDEND MIT IHRER LUNAREN SCHWESTER...

SELENAR, NICHT LUNAR...

45

UNTER DERSELBEN SONNE, NUR 385.000 KM HÖHER...

NUN, DOC COLLAM... HABEN SIE ÜBER UNSEREN VORSCHLAG NACHGEDACHT?

SIE HABEN DAS SIDCOM-EXPERIMENT ZU FALL GEBRACHT, UM ES IN EIGENER REGIE WIEDERAUFZUNEHMEN, RICHTIG?

DAS SIDCOM-EXPERIMENT IST GESCHEITERT, COLLAM!

NICHTS DEUTETE DARAUF HIN, DASS EIN KLON UND SEIN ORIGINAL TELEPATHEN SEIN KÖNNTEN... UND EBENSOWENIG WAR VORHERZUSEHEN, DASS SICH DIE TELEPATHISCHEN FÄHIGKEITEN DER KLONE AUCH AUF DIE ELEKTRONENHIRNE DER ROBOTER, DIE SIE BETREUTEN, ERSTRECKEN WÜRDEN!

...WENN ICH DEN ERZÄHLUNGEN MEINER SCHWESTER GLAUBE, HABEN DIE KLONE DIESE FÄHIGKEIT AUF IHR ORIGINAL ÜBERTRAGEN.

GENAU... UND IN IHREN HÜBSCHEN AUGEN SEHE ICH SCHON EINE GANZE ARMEE VON KLEINEN TELEPATHISCHEN SOLDATEN AUFMASCHIEREN.

SIE HABEN MEINE FRAGE IMMER NOCH NICHT BEANTWORTET, COLLAM...

ABER ICH HABE SIE IHNEN DOCH GERADE BEANTWORTET, MISS TIPTREE!

ENDE

46-